草木也歌

雪青 著

陕西新华出版

太白文艺出版社·西安

图书在版编目（CIP）数据

草木也歌 / 雪青著. -- 西安：太白文艺出版社，
2024. 8. -- ISBN 978-7-5513-2709-1

Ⅰ．I227

中国国家版本馆CIP数据核字第202428YT23号

草木也歌
CAOMU YE GE

作　　者	雪　青
责任编辑	葛晓帅
策　　划	泥流文化传媒
封面设计	风信子
版式设计	建明文化
出版发行	太白文艺出版社
经　　销	新华书店
印　　刷	三河市华东印刷有限公司
开　　本	880mm×1230mm　1/32
字　　数	75千字
印　　张	6
版　　次	2024 年 8 月第 1 版
印　　次	2024 年 8 月第 1 次印刷
书　　号	ISBN 978-7-5513-2709-1
定　　价	52.00 元

自序

　　《草木也歌》是我的第二本诗集。相较于一开始对于写作的懵懵懂懂甚至是莽撞，自我感觉这本诗集在文字的使用与表达上放松与自如了许多。其中一个深刻体会是，在写作的过程当中，有时你越是想要将心中的某个想法或者感受诉诸笔端，便越能觉察到自身思想以及在文字运用上的局限性。这看上去就像是一个无解的矛盾，但在其间却也孕育了无限的可能，这也许就是创作带给我的乐趣吧。就像是我们自己的人生一样，看上去仿佛永远充斥着二元性与对立，但同时也许无数种生命的可能性也恰在其间悄然地展开着。

　　诗集中的各首诗虽是独立成篇的，但同时也是一个相互联结的整体，共同呈现出了在某个特定的生活时期以及人生阶段，自己对于情感、命运、生活的意义以及生命的本质等不同层面，以诗歌的形式所作的一些探询与反思，其中既有一些直抒胸臆的表达，比如《绿山坡》《樱花树下的约定》《一整个开满夏花的夏》《简单的喜欢》《和着月光》《盛开的花》《一轮满月》等，也包含了一些理性层面的思索，比如《一粒麦子的命运》《风中的答案》《关于命运》《爱的缘由》《活着》《第二次生命的开启》等。

　　我想，对于人生的困惑是会永远存在的，所以关于自省与自我探寻的道路也还是会一直延续下去。如果说写作对于我而言更像是一种信仰的话，那么关于这个信仰存在的意义与价值，或许在这条漫长的朝圣路上也已自然地得到了显现与表达。让人充满好奇与期待的反倒是，在这一路上会与这些文字发生联结的人们，以及在发生同频共振的那一刻，各自又会是因着什么样子的机缘呢？但无论如何，都希望这本诗集能将一份温暖与深藏在我心底的祝福传递给正在文字面前的你。

　　也许唯一可以确定的是，无论是通过诗歌抑或其他的表达方式，关于自由、爱、幸福与美好的话题，还将被人们世世代代地不停地追寻下去。

目录

原地起舞的夜

没来由地

又一次堕入这绵柔的夜里

那仿佛醉了似的

缭绕着的

是树影还是风的声音

不如就原地起舞吧

那月光般的

洒满了的

是思念还是你的身影

不如就原地起舞吧

一溜云似的

就让无数的日日夜夜

悄无声息般

散落在凡尘中或是流光里

憾

当最后一道霞光也没入了云畔

仿佛是在天边留下了一丝的遗憾

明知道注定要与那久永的星辉错过

又何必无数次地憧憬着与秋水共长

暮色浮沉中　浮沉中

落霞渐渐地晕染　扩展　消散

天空只剩下绚烂退却后的一整片坦荡

那些曾经的遗憾美好得如同涟漪一般

偶尔飚动在水面却也能够自成圆满

只剩下时间酿就的回忆

依旧还是那样温暖

曾给予过那真诚的一颦一笑

恰如山间的明月般长忆在心上

若好些话到现在也还是没有讲

就任它们如同因果的种子

撒播在风中

就叫风——吹散

祈

当千万片雪花在半空中翩然地飘洒

犹如倾落的无数还未曾出口的心愿

过去的都已过去　未来的正在到来

时间总是走得不早不晚　不疾不徐

俨如那一段段悲欣交织的命运般

在狂风中轻盈地铺展开来并又随即旋起

不知从何时起雪已在悄然间染白了大地

于是便如同爱上了生命的本质一般

不禁深爱起眼前的这一切

点一盏灯　祈一个愿

就让它长燃在心底

是为着所有人也是为了那个曾经深埋的自己

雪中红梅正映着一排排白墙青瓦次第开放

鸟鸣声滑过枝头又似在报喜

就在这样的一片静默与喜悦之中等一切到来

往事纷纷　已淡作一缕烟散去

只此新绿

立春过后

枝头上已破出点点新绿

像是——雍容排列的音符

在空中演奏着一段段醉人的恋曲

那或许是叙说着凄切缠绵的一篇续章

又或是标新立异的一个崭新的开启

但无论如何都再也不会重复那过去

也不预备着揭示出任何有关生命的意义

它们只是像那样安静地生长着

悄无声息般

时而衬着朝霞　时而和着露水

看上去似泠然独立却又时时地应风而起

于是便诡诡然

却又像是不小心似的

将那一汪的新绿

不知又沁入了谁人的心里

似水年华

看梅蕊悄然地吐露在枝头

点点滴滴像是细数着时光一般

偶尔吹来的一阵乍暖还寒的风

不知是否也曾流连在那些青葱的过往

他年月光下的只影彷徨

思念里的千回百转

连同那个无数次起身离开

又在迷失中辗转找寻的自己

而今却都醉在了这绯红的一抹笑靥中

锦瑟年华都不过匆匆的一瞥

花儿还在风中细细地香

好似不禁轻叹起这似水流年里

几多深情又终究都化为了轻描淡写

正还缱绻着惦念似的

恰逢早春里探出来的这一枝枝的红梅

似正在向谁低语着岁月无悔

终还是差了一句岁月无悔

蒲英寄语

混沌中倔强地开出了

一簇象征着圣洁与烂漫的花儿

似早已从那尘埃中参透

关于渺小与伟大本就没有绝对

久远也不过是跟随着自然一同长息

生命亦如流风拂水般的本来清澈

或自由或孤独

在这看似无边的暗夜之中

原以为此生已是注定好了一世的漂泊

这犹如命定般盘桓辗转的足迹

终究将逃不过似那般的无所偎依

在无数个黄昏又或在寂寞的荒野里

也曾历遍了漫长风雪的洗礼

直到沐浴在那慈悲的光中

到那时才终于明白

原来天空下一切所遇皆是奇迹

而跨越生死之外万物几近清朗

落雨听心

听淅淅沥沥的雨点

又悄然落入了谁人心里

是谁在沉默中将这一份孤独品尝

谁说的那样或许也是一种圆满

任时光漫漶又似流水般潺潺

在独自站立中不如停看

一阵阵风中轻轻吹落的白色花瓣

在某个三月的午后抑或傍晚

或是跟随着鸟儿远去的足迹

在被雨水洗净的天空或是一溜云畔

那些留不住的此刻不如就试着放下

在经过了一场大雨的滂沱之后

在那看似孤独的时间的尽头

却还有爱在潜滋暗长着

正生在一颗一无所住的空荡荡心上

次第花开

看次第花开

纯白地挂满

在那三月的一棵樱花树上

等风儿吹过

纤纤的花瓣便如雪片般飘洒

融化在心底

就叫忧愁抚平忧愁

等那悲伤告解悲伤

岁月总像这样逝去得过于匆忙

生命似个谜

时间尽在悲喜中兜兜又转转

唯剩下了这一抔静

聚散在风中

好似没有开头也没有结局一般

念次第花落

头顶有太阳

将那永恒的光明朗照在大地上

或又是另外一种圆满

默

当阳光透过树杈斑驳地映照在窗前

望过去天空也是一览无余的清澈

世界偌大　一时竟像是什么都不曾发生过似的

又或许是早已将所有都掩藏在了生活的波澜不惊之下

关于所珍惜的生命以及所热爱的生活

人们老以为今天远比昨天该要了解得更多些

但却又不知是为何总一再地重复着相似的悲喜与苦乐

所幸这一切都终将在时间的长河中被逐渐淡忘或放下

也许在多年以后

在如此时般同样的一片晴空之下

鸟儿们依旧会像眼前这般自由地穿梭

而人们也仍会挑选出世界上最美的花儿来歌颂爱吧

又或者竟如同此刻的自己一样

就只想这么长久地沉默地伫立着

在岁月表面的平和与一份温柔的自洽当中

任那永恒的真善与不朽的信念犹如暗流般席卷在心间

樱花草

路人眼中樱花草

向阳而生开出一隅

鲜妍外表下珍藏的心意

绵绵吹送到海角

想象中"家"的意义

共过的点点滴滴

风雨浇灌下成长的轨迹

离人眼中的樱花草

孤独时坚强而立

苦难中嫣然笑语

将回忆化作养分浸润心田

曾经珍贵的情谊

风吹不怕　雨淋不倒

阳光下依旧是那般绚丽

生命当如樱花草

短促中开出永恒的美好

心畔听雨

四月里平白地下了一场雨

淅淅沥沥的仿佛倾倒了整个晌午

打在叶子上蹦出欢快的旋律

忽而又拂向水面惊起团团的涟漪

又或是迎风任意地摆荡开去

并邀上飞过的萍花一道共舞一段

和着这淋漓世间转瞬的芳华

忽就拍碎在窗玻璃上聚起水珠儿串串

风声四处呜咽着就像是突然思念起远方

雨点愈加急迫地迸发着

高高低低地摆弄于树与树的俯仰

没有犹豫也无法躲闪的

骤雨　终如幢幢的水柱一般倾覆而下

如同裹挟着所有曾经无可追忆的过往

无论是那些浓烈似火抑或是平淡如常

尽涌入那翻涌的江河随波涛奔腾而去

雨停歇后一切好似重又归于止息

只剩下那些零落了一地的繁花
似命运的展开般终去往了不同的轨迹
而心头只空余这雨声
滴滴答答像是至今仍在缠绵或低语

月半弯

看　头顶一弯新月高悬着

纯净得就像是一个童话似的

莹白的月色径直地泼洒了下来

笼罩在周围的一切也全都似发着光

喧嚣与落寞　绚烂或沉寂

就像一段段乐章被圆融地调和在一起

四下里的蛙声也正在渐渐地远去

只剩下如水的一汪温柔浸润在心底

看　头顶一弯新月似被擎起

在一片澄澈的夜色之中

古老得像是一个传说似的

那一段亿万年里的经历

是一个谁都不曾说起的秘密

便随着永恒的月色一直绵延到了天边

在此刻却忽又像一个梦似的被挂起

樱花树下的约定

守一个约定在一棵樱花树下
花儿崭露在枝头皎皎如月华
在这个好似每生相遇的地方
无声无息地流淌着
看时间已过去了千年万年
是谁却偏欲将那一眼望断写入命定
满开的花终究开在了谁的心
等一个约定在一棵樱花树下
看纷飞的樱瓣飘然坠落似雪花
如半空中飘零着的隐约心事
正袅袅消散随同天边的一道虹霞
偶有彩蝶双飞自在其间
诉说着风儿翩翩眷恋着芳华
岁岁年年念时光去去又远
还余下多少话儿
至今仍深藏在嘴角或眸间
辗转流离中一切都似已尘埃落定
从此便再不问此生是劫是缘

一整个开满夏花的夏

忽如一夜吹开了一整个开满夏花的夏

在那一眼望不到边的蓝天底下

白云轻轻浮动着　悠游地远去

一片天透净得不带一丝牵挂

淌进小河的水倒映出一整片的晴朗

就在这静谧的一碧儿青翠里

田田的荷叶擎住了一小半边的天

晕出淡淡的一抹湿红在那花靥

于是四面在瞬间忽又变得欲雨未雨起来

关于夏的故事又或是在夜里

那些闪动的萤火伴随着呱呱的蛙鸣

一同幽咽在有三两颗星子的夜空之下

这已是多久都不曾向谁说起过的了

往事道不尽的就让它们通通随了风吧

直到如今　往日的花儿依旧还在细细地香着

潋滟的心上又泛起一阵一阵的涟漪

或许时间亦未曾真正地老去

在似这样的一整个开满夏花的夏里

冥想的清晨

清晨听见屋外的一角风铃的叹息

天空看上去却不知为何会有一些伤感

也许是因为鸟儿们早已经准备飞离

可云却干净得不肯透露一丝丝的行迹

想起院落里那些一夜未眠的花儿

那淡了的花香似乎比从前又更淡了些

雾色中四面也随之正在渐渐地退散

空空地往远处望去

像是有什么被遗忘了似的

凝视许久却又仿佛一点儿都记不起来了

苔草安然地铺展在水边显得愈加寂静

叶子也沉默着似乎不想再多说些什么

快乐或是哀伤一时竟已说不清

时间慢下来慢下来

在此刻终于是停住了

又是一夜的风雨

似这样无声地度过了一切的有晴与无晴

暮光掠影

寻常里眼前又现出了黄昏无限

在一片天高日暝下尽情地舒卷着

等一行白鹭翩翩然地

从最深的静谧中掠起

映出那绿水绕林千万里的柔情

风吹着吹着云就淡了

在此时全淡作了一缕烟

在这样的一片暮光浩渺之中

似也不曾真的留住些什么

彩霞脉脉地洒下了一抹多情还向空中

于是那融融余晖立时盈满了一整个夏末

回忆偶然袭来有如潮汐般伏伏又起起

在那些重复的悲喜与不尽的轮回里

连同着那散了忘了数不清的往昔

此时都已融入这一瞥彤彤的霞光之中

可叹远山依旧独剩下心　一片悠悠

时间走着走着在身后早已经洒落了一地

诉不尽的只道是岁月蹁跹

从此亦不再问此生的缘起或是结局

更行更远还生　蓦地

落日晴风中似飘来了花香缕缕

醉了醉了　几时抛却营营拼一世休矣

山海

独立斜阳下思极无涯

恍惚间潦草半生过去

山一程　水一程

也曾尝遍这人世间冷暖

苦乐参半　心中却时有豪情百丈

疏狂间哪管他上碧落或下黄泉

风一更　雪一更

回看百舸过尽暮云千帆

越迢迢山水　行长路漫漫

辗转半世唯愿山水永相逢

忽忆及他年桃柳蹊下落红飞絮

且空作是今慨然涕泣

又或许此生已注定一生之所向

青峰　落霞　晚照

冈顾漠漠长天　唯此爱可平山海

问夏

云在碧天中描画出风的形状问夏

心中找寻的自由到底在哪边呀

既不在秘密的花蹊

也不在无人的空谷

树上叶子却只是簌簌作响并不回答

于是湖水泠泠然倒映出晴空的剪影问夏

这世上真有什么是可以永恒的吗

看那四季里开尽了繁花

更又逝去了春夏

而天上月光却只是倾泻而下并不回答

于是流星一闪划破了静谧的长夜问夏

这一切的发生又有什么意义吗

除了无尽的聚散抑或转瞬的悲喜

究竟还有什么将会被留下

而岸边溪水却只是溅溅地流淌并不回答

杜鹃于是啼遍了漫山问夏

生命缘何能成为一体的呀

那所谓相同的不同的到底指的又会是什么

正站在那儿的　那人又是谁

为何他立于花下却又总是笑而不答

云与海

又一个宁静的夏天

日子像是跃动的音符

简单地重复着

终于在那时间的尽头

汇聚成了一首歌

萦绕在头顶的蓝天蓝得一碧万顷

偶有微风吹过彩云堆叠

冉冉流动忽又被一一吹过

眼前的一切都像是刚刚好

却又不再是最初的模样了

此时的白云正自在地飘浮在空中

似悠悠地说着

也曾梦想过一个人的远方

如今却唯愿停留在一片大海的心上

明珑的　从此无论天上地下

便应了一段关于云与海的传说

记载着在这亿万年里一刹那的遇见

与一份历经岁月洗练后的别样静好

在那太阳升起的地方

烟霭隐隐散去后碧天一净如洗

天空看似什么都已经发生过了

却又似什么都没有发生一样

一如千万里海水的透彻澄净

霞光偶有破出便掩映出小半面天

一时流光乍泄　眼前遽然风景无限

灿若片片跃动的浪花闪烁在其间

海天俨然一色如梦一般

空余涛声饮咽　汩汩推移着前行

那声音好似来自混沌之前

海浪绵延着此时忽就挣脱了天

层层递进着奋勇着朝向那

仿佛是全部希望与光明的所在

片刻之后一轮红日赫然高悬

一切便又被包裹进了一片暄和的光里

有如白云的微茫

此时也透露出了几分温柔的玫瑰色

只听凭那潮起潮落仿佛从未真正地止歇

于是在那太阳升起的地方

人们仿佛第一次试图以爱的名义

重新去了解及审视这一切的发生以及缘起

问佛

他年也曾虔诚顶礼于佛前

问遍一生求尽一世的情缘

遇见时不必惊鸿流沔绮霞在天

盛放时不必团红郁翠繁花似锦

衰颓时不必只影伶仃黯然惊心

消散时亦不必萦回辗转彻夜难眠

唯愿相守四季平淡三餐闲话家常

盼若梅蕊绽破历经风雪依旧飘香

他年也曾虔诚顶礼于佛前

问遍一生求尽一世是命定

因果不虚中贪嗔痴恋念念诛心

却在缘来缘去的磨砺之中

将那自我与傲慢一步步地厘清

诚愿将诸妄念悉数斩尽唯放爱前行

日光私语

当阳光从身后倾泻而下掠过耳畔

依依的如暄妍的花瓣洒落了一地

于是飘摇的心绪也随之而完全归于平息

轻柔得如风儿弥散着和煦的呼吸

连同着起伏的记忆也一并幡然地远离

那不知是来自何处明耀的一束光

就这样无所遮拦地挣脱了时空的羁绊

又轻易地涤净了岁月冲刷下的芜烦

恰似一个拥抱　来自生命最深处或是心底

又像是一个答案等在荆棘密布的人生旅途中

一如湖水般满溢着倒映出那天空的绮丽

漾起片片的白云如丝绸般滑过了绵柔的天际

然而这一切终究是不能用言语

到最后或许又只是成了另一个妙秘

简单的喜欢

喜欢云朵浮游在天空中

喜欢风儿在阳光下涌动

喜欢一簇簇莲花招展在水面

也喜欢扑面而来那盈盈的绿意

喜欢这一切里面都有个你

喜欢时间就像这样停驻

总之　我喜欢一种美是可以简简单单的

既不需要被注解也无须做过多的说明

却又总能在悄然之中融化了谁的心

于不经意间便轻易地化解了那个虚空与自我

又把那些个无着落的全都变成了永恒似的

在那一刻　也就是在那一刻

我便下定了决心要全心全意地去爱这个世界

烟火味道

不知从何时起日子便慢了下来

生活散落在眼前如同一缕缕的烟火

往事一幕幕只恍若某个故事的片段

又或是不小心遗落在日记中的三两行

就连那种褪色或是泛黄

都看似别有一番滋味和景象

在经历过时光的打磨与酝酿后

那些曾经以为最为浓烈的

关于生活的种种况味

只如同此时桌板上的一桌饭菜香

值得被一一地细细地品尝

偶有心绪起伏亦如那碧空之上的白云一般

岁月虽还是一样地留不住

可心中的芜乱与冗烦却正在被暗暗剔除

空出来时间与空间不如就留给那纯白与理想

或许还能存下这样的一份真伴随着岁月漫漫

却也说不上失去是什么

看　窗外依旧是那一泻千里的月光

生命亦如一首老歌

正在被轻轻地哼唱

孤独与伟大

头顶的一轮素月当空

将光辉洒向了此时清冷的夜下

树影也分批地落在了寂静的照壁上

于是光影间便交织起了一段关于孤独的对话

四围的一切也被这片浓郁的幽暗裹挟着

林花与绚烂都在一一地淡去颜色

繁忙与喧嚣竟也被一下子吞没了

仿佛全都屏息凝神在这样的一片纯粹的光里

久已笼罩在心头的那份宁静

似也随着这四周的虫鸣渐渐地漫散开去

恍惚其间的或许还有彼此之间真实的样貌

此时的夜色一清如水

好似再也无须任何的修饰与雕琢

此时的我们亦毫无防备

以各自本来的面目相互深爱着

也许正是在无数个酽如此番的夜下

人们也终于认清了自身的渺小与伟大

一粒麦子的命运

麦子生长在土地里

不似苞米会长在空中

这是一开始就注定了的

拔芽抽穗扬花灌浆

若做了种子就再轮回一次

这是一种圆满

中途也许被啄了被碾成肥料

化作了别样的生命形式

便又是另一种圆满

偶然或者必然　生存或者毁灭

麦子没有主张也从来不抱怨什么

它知道这个世界曾经没有麦子

麦子只是生长在土地里

向着阳光　或是和着风雨

秋叶思

叶子纷纷地在枝头上飑动

似在娓娓诉说着别离后的一段相思苦

又似在慨叹着漫漫行路上知遇难

在那以前心与心之间似在平行的列车上看风景

在那以后世界的模样便在共同的命途里辗转

在那以前从不曾奢望过竟能如此地靠近生命的真相

在那以后却在突然间明白原来信仰一直长存在人心间

在那以前也曾幻想过命运或许有着千百种可能的方向

在那以后却唯愿拿一生的求索来作为自己最后的答案

庸庸碌碌抑或草草苒苒

那些已经遗落在身后的有天也终将会被时间所遗忘

不如就将一切都深埋进眼前这片浓得化不开的秋色中

只剩下稻禾离离满眼青碧　仿佛全浸透在一小半边天里

或许暴风雨来临前的天空总是显得格外清朗

当平静再次降临　在每个人心头正酝酿着的

是一场绝然不同的变幻　抑或是一种崭新的希望

绿山坡

白云溜溜儿天上飘

卷起风儿追着就跑

变个马儿踏着雪呀

一跃跃过了彩虹桥

桥上雀儿扑棱棱地飞

惊起鱼儿噗噜噜地逃

扑棱棱飞　噗噜噜逃

好花儿艳艳开满山

长上青草绿山坡

铺个黄昏映晚霞呀

一醉醉在了斜阳下

惹着蝶儿扑扇扇地飞

逗得牛羊呼噜噜地逃

扑扇扇飞　呼噜噜逃

做个伴儿好还家呀

绿山坡儿上白云桥

听雨入心

入秋后一夜听雨声

淋漓处回首往事如烟尘

不舍时　也曾踌躇红叶深处迟迟停驻

不忍时　也曾叩首菩提树下永誓臣服

轮回中　轮回中

万千繁华终似梦　遍寻枝头转成空

骇然梦醒已是半生营营

阶上秋雨正霖淫

忽见一叶漂至湖心

欲得究竟何必究竟

雨过后　云还在

始知寸心未曾改

远处草色却常新　一泓碧与天相连

此去风雨何所怖　尽携诗书破半卷

山寺觅秋

寻寻觅觅

在一个清冷的秋里

任乱红褪去后花瓣落了一地

欲借一段时光　痴痴地

就停驻在记忆的芳丛

那姹紫嫣红仿佛还是昨天

欲借一水月亮　溶溶的

又照见那夜满树花影

似一场镜花水月般的命定

却忽闻远处禅音袅袅

似谁在问　云何应驻

云何应驻　花无有心

也该笑我着这些个贪嗔痴念

远望雨中山寺分外清明

等新风袭来或是空里流光

定会是又一番的嫩蕊飘香

一米的阳光

看秋日的云彩不停地变幻着万象

那灵动的　纤柔的　飘逸着的

仿佛无限接近于自由的模样

正散作阳光泼洒在明净的湖面上

又捕捉起叶子落下时片刻的光闪

是你　是你　此时的你

身后是飞扬的青春

眼前是无碍的天空

是你　是你　此时的你

无论是那些曾经过分执着的往昔

又或是无着落的对于未来的渴望

已如云一样飘然远离

又如水一般清澈见底

仿佛再也没有什么能够去阻挡

此时的你或许仅需要一米的阳光

一半儿浅埋在风中

一半儿漾起在脸上

秋叶祭

林叶儿早早地就谢了

眼前现出了暮秋独有的景象

任由深深浅浅的枯败散乱在一地

在冷阳的照耀下却更添了一分潇洒

是什么正在悄无声息中逝去呢

仿佛一点儿也不懂得疼惜似的

却又仿佛别有了一番生趣在风里

或许余下给秋的时间已经不多了

无论是怨嫌着的还是想念着的时间

在记忆里面都将会是一样深情的

当阳光再次照在逐片叶子的金黄中

在它那缘起缘灭的一生里

在度过了无数的无明与清冷之后

此时却仅余下了几分相似的寂静与欢喜

末了也已不再需要去讴歌些什么

深沉的　竟也是欣欣然的

犹如一场梦醒过后的天真一般

一切终于又回到了生命本初的模样

不生不灭　不垢不净　不增不减

得未曾有

终究还是失去了

连最后的一片叶子也从梧桐上落下

终究还是错付了

门前的春水却永远也没能等到夏花

终究还是辜负了

鸟儿只身飞去了另一片天空之下

却又是为什么呢

在这千年万年的时光里面

风儿依旧狂恋着沙

蝶儿从未肯真正抛却那心头的一抹芳华

而你却说众相非相

众相非相　难道才是唯一的真理吗

连同那些浓烈与绚烂也请一并放下

如此便能不再生贪着

如此便能不怖也不怕

你说　要无有所住

无有所住而生其心

云中的一朵绽破在风中或是消失在雨里

一切看似注定　却都只是刚刚好的啊

风过也　起舞就起舞　落下便落下

就请尽随万物而生长吧

如许

只一夜便吹尽了繁花

剩几许秋色还迟迟地不忍落下

于是满地遍染红紫

恰似一种别样的痴

于艳光交错间眉眼早已望断了绮霞

似化不开的一壶琼浆

又仿佛醉了的时光

怪只怪记忆总会将时间拖得太长

在这一笔的浓淡里竟也有了千般万般

说不清的因缘和合往事千行

如今都空如这茫茫的月光

而在如许月色中的你我

却只留下了回忆中的一滴泪

偶尔还漾起在心间

觉爱

在一场初雪过后

一切重又回归平静

请仔细地听

是什么正在融化和苏醒

早已习惯以比较和分别隔阂开的世界

此间却也只剩下一整片的融合与亲近

当那些关于生命的发生

全部都被接纳之后

故事是已经落幕还是才刚刚预备开启

如果此时恰好有人问起

关于永恒与爱的话题

我定要大声地作答

然后迎取一片片雪花深映在心底

任它们扬扬又洒洒

四季予你

早春的风轻迎来暮夏的细雨

金秋的花香停落冬雪的孤寂

走过四季之后的我们已逐渐开始懂得

真正的勇气或许并非源于

在一路的披荆斩棘过后终于登临那顶峰

也不是曾经追逐过的那些遥不可及的梦

而是当某一天的自己在历经了一切之后

仍然还是想要去拥抱那个

看似已经满被欲望与偏见裹挟的世界

依然还是想要去找寻那个

隐藏在无数道绚丽的风景背后最初的你我

是在遭遇了一次次的伤痛

任心中的热爱被一趟趟地碾轧过以后

却还依旧想要热泪盈眶地说

就让我们重新开始吧

亦如他年驻足花下曾一往情深的那人啊

就让这一切都重新开始吧

在这片载满梧桐叶落的深秋里

就让我们再一次以爱的名义好吗

和光

一道光　仿佛穿越了千年而来

用它那毫无保留的爱与温暖

终于击溃了冬的委顿与迷茫

正弥合着谁人心头的伤

叶子们重又开始在阳光下起舞

用那袅袅娜娜的身影

回应着岁月的无尽又漫长

就于一道光下将自己和盘托出

虔诚献祭于这场生命的欢宴吧

沉浸在每一个当下同时也是新生之时

也许我们从未曾真正错付过什么

就像那样踊跃又欣喜着

待故事讲完最终与最初

没有人会想到去过问明天在哪里

也没有人再去计较

关于这一生的执迷

命定的结局又会是怎么样的

悔恨或是遗憾都已经说不上了

一颗心仿佛在刹那之间被填满　了脱敞亮

一切全静沐在亿万光年以外的这道光里

泊月

就像那一轮满月终于停在了心里

久久　久久　挥之不去

又像是立在孤独尽头的一个永恒的希冀

让从前或是此后都显得不那么重要了

又像是一个真理　圆明　了彻

在欲望的潮水幡然退却了之后

一切已不再需要去追问或再做过多的说明

就任这一顷清冽浸透在心里

眼前不禁现出来小时候的你

双手正捧起皎然的湖水倒映着全然的月光

仿佛联通着整个世界似的

没有祈祷也没有多一句的言语

在同样的一轮满月底下

静穆得像是一个故事的起始或者结局

一直很安静

树上银杏叶子飘然落下

在一个略显寂寥的午后

仿佛是谁正在聆听着一整个的秋天

却只想让此刻停落在一颗最深的心

不再去期待些什么

也不再想要去证明

不再恐惧些什么

也不再求一个确定

没有什么是不可以放下的　原来啊

竟会像这样全然地接纳了一切的遇见

曾经以为注定会千回百转的

林林总总那些关于爱的探寻

一如此刻般竟会是如此安静

纯粹得犹如一滴泪水滑落的时间

眼前金色的叶子仍在沉默或飞落

此刻全都翩然在一片云下

无端端地

在放过了所有之后方始寻见那美丽

没来由地

突然好想要拥抱这一整个的世界啊

无问

醒来　在某个清晨里

脸上碰巧有一滴泪水滑落

还依旧滚烫着

像是不小心灼着谁的心似的

眼前闪过无数张面孔　熟悉又陌生

却又略显苦涩似的

突然忆起黎明前西墙外

那一角整夜未眠的花

无法抑制地竟有些莫名地伤感起来

是否这一切也包括我们自己

仍还只是停留于生活的表面呢

就连这些悲伤其实也并非生命的本质不是吗

有时也想着试图将这一切都看清

包括内心那一种无名的依恋

谁知却发现那因果背后也还有因果

就像纠葛背后也还是纠葛　永无止境

不如索性就此放过　让心灵重新归于平和

看　墙外一角的海棠正在无声地开放着
开在那个仿佛本应该是神圣的角落
此时恰好有一束光经过
于是眼前的所有便都交付于那一瞬间
全部都被融化了
没有人问起它将会抵达哪里
也许正如同这生命的本质一般
本就是无法言说的
活在此刻　或许就已是全部了

世界那么大

世界那么大

但计划是一个人

没有必须要寻求的答案

就让自己一直行走在探索的路上

世界那么大

但计划是一个人

不愿被谁管也没想过要去管谁

就让那孤独守候孤独

用悲伤慰藉悲伤

却也从未害怕过会就此走散

也许这世界原本就是浑然一体的

世界那么大

但计划是一个人

活在寻常的每一天里

数着天上的星星或是月亮

关于什么是美

总会有源源不断的了解与发现

关于付出与回报

如果结局相同又何必计较那么多呢

悲伤或是幸福

也许都只是同样一回事

就试着跳出一切的局限　从此随心

只有造物或是生命会如同朝阳般永恒不落

也许就在世界的尽头

在那个与无限相接的地方

我们终究会与自己遇见

并且最终抵达

青梅少时

那年近夏梅子将破

小小的你等在一棵郁郁葱葱的树下

只为着另一个同样小小的身影

那时的你们关于人生的铺陈与开展

还没能有足够的了解和把握

甚至还不明白爱的意义到底是什么

空气中隐约地弥散着栀子花的香味

连同那纯白色的风絮在空中飘飞似雪花

那时的等待竟或是一种痴傻

却又是那么纯真

仿佛时间停在那一刻便可以永恒似的

像极了多年以后的你们在面对生活时

一面忘我地投入　一面奋力地求索

好似只有将那喜怒哀乐一一尝尽方可罢休

直到对于命运的安排已学会全然地释怀为止

如今的你们也依然还是在等待

等黄昏的乌鸦再一次经过那棵斑驳的老树下

等天上千载白云悠哉

好将心中那一句深藏已久的承诺就此交付

自此以后的人生便真该是无悔的了

如果好些话到嘴边也还是不知道该如何讲

不如戏道一句　是年夏末　梅子破了

不如归去

不如就此归去

在一个没有星星陪伴的夜里

等冷却的篝火燃尽这最后的虚妄

就试着卸下一切的防备与没用的伪装

请在无声的静默中诚实地面对着自己的心

就试着找回生命原初的那一份朴素的信仰

并虔诚地发愿　愿余生都只是聆听于它的召唤

不如就此归去

尽情地沐浴在故乡的第一缕晨光中

感受到清风拂过后繁花也跟着一一退却

唯独那份天真的发心似乎从不曾远离过

当你终于懂得了要在心中全然地接纳你自己

并让曾经的那些固守与执着在头脑中一点点地消散

是否终于能够体会到生命本就是归于一体的呢

或许从此你便再也不用去担心会迷失了

并且还学会了以爱为支点

随时随地地叫那生命伸展开去

不如就此归去

有一天你总会明白

无论这趟人生的旅途须绕行多远还要轮回几遍

也无论是你曾质疑过的自己还是这周遭的世界

终究不过是那生之欲念以及关于美好的种种化现

不如趁着月半就此归去

此时听见佛说　唯此净心如琉璃

于是便再一次地声泪如雨

雨后一帧黑白色

取一帧雨后的寂静

让它淡成国画中通透的黑白色

又像是一场孤独到底的守望

不见来者也没有尽头似的

随着乌鹊向远处一排排一行行

不带一丝留恋地飞过

于是空蒙的天色也跟着

在无声的落寞中一点点儿地褪去了

只余下灯塔上一星子清瘦的光

还照见着一些无处诉说的憾恨

此刻都化作了一缕烟似的

仿佛生命被完全复原成了那一帧黑白色

纯粹的　在心中曾经拼命追寻过的

那些本以为就是全部的

竟也似这样不露一点声色般

诡诡然地淡却了

或许这一切都只是一种误解

连同那种种的关于人生的解说

不如就让它们永恒地淌过　永不回头

仅留下些许韶光停驻于这片有如墨色的寂静中

就像是停留在爱永不会消逝的那一刻

风中的答案

你是谁　你来自哪里

当风儿碰巧问起一片云的经过

白云不禁展露出了久违的笑意

我曾长年陪伴在太阳的身旁

陪它采撷过数不清的晨昏与朝夕

也曾守候在千里之外的一轮明月畔

伴它度过久永的孤独和那深不见底的晦暗

我也曾历遍无人问津的空谷与广袤无垠的山川

然后停留在了一片多情的湖泊心上

但你若要问起我是谁　为何而来

或者究竟什么才是活着的意义

关于那些　我却也还没有最后的答案

所以啊　不如索性就叫一切存在的存在

让那该发生的也都悉数地发生

好似花儿自会有花儿的芬芳

叶子也自有叶子天生的绿意盎然

就让这一切的美好就像一个个不可言说的奥妙

直到有一天人们便就再也不想去追问

仿佛一切全又回到了最初的天真模样

只是将自己唯一的一颗心毫无保留地和盘交出

重新托付给那远古之中的一道混沌的光

并将所有答案也留在了风中便任它们随风而散

关于一朵花

当最后一片叶子也从树上落下

当天空淡却了最爱的一抹晚霞

当你终于开了口可却还是留不住她

那就这样吧

至少那片袒露的赤诚至今还留驻在心底呀

也曾经那样认真地去对待过一朵花儿

并以或友谊或爱情的名义彼此滋养过

也曾为此而由衷地感叹过这世间的一切美好啊

或许这就是人生吧

让你一路经历了从独特到平凡的领悟

也终于学会了该如何与另一个灵魂共舞

请在这一切发生过后只是将永恒留下

让回忆珍藏起那些个依依约约袅袅娉娉

当阳光洒落的那一刹那

你会发现自己的一颗心依旧也还滚烫着啊

何不就以一种全然欣赏的角度去看待命运呢

不如趁现在就出发

从现在起就请勇敢地拨开那重重的藩篱

将自己完全地投入在爱里吧

当我说起快乐

当我说起快乐

风儿正欲吹皱那一池春水

叶子在阳光的抚弄下也显得分外闪烁

当那些关于伤痛的记忆再次袭来如奔涌的潮汐

于是对于幸福的理解好似也跟着愈加丰盈起来

那是从失望与苦涩中酿就的最甜的蜜

直串起人生的况味如故事般慢慢地扩展开去

从此只愿将这一身的盔甲与面具统统都丢弃

只让那真理的土壤开出圣洁的花儿来

并能从每日的一餐一食中品尝出满满感恩的滋味

当我说起快乐

既不是在说那些个一时兴起或是稍纵即逝

也不是在说一些来去无根或是起灭无着

当我说起快乐

正犹如一条宁静的小溪流淌过贫瘠的荒漠

又好似无垠的苍穹中横亘着一条千年的星河

当我说起快乐

它可以简单到再也不用费心地跑遍世界去寻找

也可以深刻到只须心怀敞亮地去拥抱一切的来到

因为你明白快乐是可以无所不在的

因为你相信自己再也不会迷失那方向

更不会再被任何所谓的困境打倒

当我说起快乐

你应该知道我其实最想说的是什么

从开始到现在

从开始到现在
有多少是已经改变了的呢
曾经以为牢不可破的那些依旧还在吗
内心坚持的执着的仍然在坚守着吗
又余下有什么是需要被看穿的呢
从开始到现在
对生命又有了什么样新的了悟了呢
有没有试着怀抱一颗感恩的心去对待它
过往让你感到不安的依旧会觉得惧怕吗
还是多少已经学会放过与接纳了呢
自处时依旧觉得很难吗
孤独有时也仍然还在的吧
还是已经学会好好地拥抱那个自己了呢
从开始到现在
对于生命的那一份热爱已有所改变了吗
关于信仰什么的还是那么深信不疑吗
当你开口说爱时

应该已经明白那究竟是意味着什么了吧

这过程正好似一粒种子落入泥土之中

然后用一生的时间静待着　看它

发芽　生长　开花　结果

一如生命般循环往复着

已经准备好将自己全然地投入其间了吗

那就这样继续勇敢地向前走去吧

对于一段情

对于一段情

那时还是揣着无明

直把每一个遇见都当成了对自我的投影

又误以为还有大把的时间

以至于该说明的到最后也还是没有说清

也许只是因为太过于自信

以至于以为可以挡得住命运的轮转与流变

也曾经一头扎进生活

数着遗憾与懊悔且待来日细细地品

对于一段情

而今的我们都已是不再年轻

也早已习惯了与寻常和烟火这番耳鬓厮磨

或妥协或退让都不过只是其中的一种路径

高兴时也可以拿无尽的憧憬填塞每一天

对于一段情

不如就让遗憾的遗憾　让错过的错过

关于人生种种的获得与失去

都早已没有什么可说的了

抬眼望去还是初时的明月和一个澄澈的"我"

在岁月的浸染下只显得愈加温润与柔和

其实你该知道的

自始至终或许我们从来就未曾真正地走散过

无论是对于真知的渴求还是对于生命的探索

至今也依旧是摆在心头之上的那个

对于一段情

亦如我们试图握紧的某个岁月的片段

也许随时还有勇气去斩断或看破

最后只剩下那片被鸟飞过的晴天

空白又无限

花俘

又再次站在了三月的樱花树下
闭上眼睛听花瓣簌簌地掉落
感受着她那仿佛被俘般短暂的一生
却又像是那样瓣瓣分明而又分外鲜活
要是早知道起起灭灭原本就是注定的结果
不知是否还会像这样毫无保留地灿烂活过
此时人臣服在一朵花的命运之下
是否也已经懂得这或许便是上天最好的安排了
囚笼抑或天堂也许都不过只是一种修饰或比喻
那累世的因果也只是粉墨剧本里的一出出戏码
就试着将那些自我与妄见也一并地移除或融化
迷路时就请张开眼看看这些生动的花儿吧
你是否已经感受到有什么正在充盈其间呢
入了迷的人啊
就让那些芜乱的念头纷纷落回到久违的心吧
正好像落回到一切爱的源头以及生命的缘起里
你该明白的

在那份永恒的平静与喜悦之中

我们所能得到的已是不可能再多了

关于命运

关于命运

或许本就是无所不在的

它在一切命定的遇见与别离之中

也在一段段不舍与不得不舍的纠缠里

它就横亘在那不可抗拒的生与死之间

又或许已藏在偶然的一场瓢泼的雨里

于是当您轻轻捧起眼前这张稚嫩的小脸时

眼神充满了无限的爱怜与忧戚

或臣服或挣破　关于命运

也许只在于她每一个当下的抉择里

又该如何才能让她明白

那种种关于好与坏对与错的评判

原本只不过是一些伪命题

而那真正的实相却往往已超越了简单的二元对立

这些对于一个孩子来说　或许还太深奥

当她跨越迷惘与彷徨穿过无尽的悲与喜

也学会了用双脚独自立身于这片茫茫的大地

当她看似已经全然地接纳了一切的发生

连同那个渺小的自己

当她仍然在试图将那所有的一切都看穿

可仍然还是想不明白人生为什么既可以一无所有

却又可以无所不含

直到恐惧与不安伴随着她的成长正在步步地退散

她也终于体味到

原来幸福一直就藏在自己内心的那片静谧的汪洋

直到她终于来到了那个与永恒联结的地方

就让那久违的泪水痛快地流出眼眶吧

您可曾想到　此时您的孩子

而今对于那个叫作命运的东西

抑或是与一片衰叶一缕清风的相遇

心中竟会是如此充满着感激

梦马

梦中一匹马

正逃脱了头脑的罗网

和内心设下的重重防线

头也不回地奔向那自由的终点

是啊　何不趁现在就挣脱

从现在起就将一切都看破

勇敢注定是属于那些对生命敞开的人儿

在那无数种命运的可能背后

是否早已注定了对于真理的渴求

与终其一生的探索

在一次真正的醒觉过后

那些曾经被当成爱或恨的什么

也许自此都可以一笔勾销了

是啊　何不趁现在就挣脱

从现在起就将一切都看破

既然人生犹如幻梦一场

何不选择用快乐来填满稍纵即逝的每时每刻

从那盛满春天的心里向外望去

哪里不是一片娇艳如花呢

梦中那匹马儿

就这样永不回头地向着幸福出发吧

违背的自己

花儿从不会违背春的暖意

将鲜活开进了每个人心里

大雨从不会违背夏的畅快

将淋漓渗透进青春的恣意

而秋也绝不会辜负了落叶的情意

可是你啊你啊

为何面对真实却还是缺乏勇气

为何心中满是善意却又会一瞬间莫名地恐惧

为何明明遇见了美好却在一转身又开始怀疑

为何情愿流浪也不愿意接纳你自己

可是你啊你啊

为何分明想要靠近可脚步却好似在逃离

为何让那千言万语最终都变为了绝口不提

为何早已选择了原谅却偏又不肯一爱到底

亲爱的　你啊你啊

为何总是要像这样违背自己

而又是为何

这世界上的人们是如此渴望和平

却又频频制造出纷乱与贫瘠

像鱼

偶尔感受到自由像鱼

无拘无束地徜徉在水的怀抱里

就像是屏息在生命的初始之中

没有想要表达的热烈情绪

也没有渴望被人了解的纷乱心绪

又像是一种温暖的观照

关于苦乐的表演亦犹如海浪的泡沫一般

那些既与本质无关其实也并不重要

当表面的区分与隔阂全部消逝

水与天也终于连接成了一体似的

偶尔感受到自由像鱼

可以再不用管外面的世界有多少纷纷扰扰

只是一心地潜浮在那些关于爱的源头之中

说着一些一如所是而又无限给予的美好

下一页的自己

像这样慢慢地翻开了下一页的自己

告别的话想想还是不说的好

面对过去也许最好的便是不再去打扰

连同着不再去记起彼此相遇时的样子

以便偶然想起来时就只剩下了美好

像这样慢慢地翻开下一页的自己

在经受过岁月的磨砺之后

已不再轻易地去解释什么才是纯粹的欢喜

连理想什么的也都变得好似愈发难以启齿

只是眼神却比往日多了几分清澈与坚持

像这样慢慢地翻开下一页的自己

能够点燃我的也许还是那份对于未来的不可知

面对着即将要到来的一切却也早已决计不再逃跑

如果可以的话仍然还想要拼尽力气再一次地去拥抱

关于什么是真实

我想我将会更有勇气去寻找

镜子

不知是从什么时候起

已习惯了透过别人来照见自己

习惯了人前的热闹与迷失

当一个人孤独地站立在镜子面前时

也早已忘了应该要以什么样的角度去审视

于是越是不知所措却越想要去拼命地掩饰

可是对面这位朋友

与其守着一颗封闭的心

何不就试着一点点地勇敢去了解和尝试

尝试着一次次地打开那情绪与念头的囚禁

只如同一个局外人那样去见证与发现

直到那面自我构建的围墙彻底崩塌为止

也许才能终于读懂了自己以及那爱

这感觉恰似一轮明月照进心间

关于对与错　爱与恨　你与我

一切的边界似乎也都随之而一并消融了

只剩下生命原初的样子

一清见底似的

整个世界全在其中自然地展开着　也包括你我

没有谁再去提问

也不再需要答复些什么

无由

年少时离开或放弃似都显得过于轻易

还往往透着几分的决绝或者义无反顾的傲气

长大以后才体味到告别原来竟会是如此漫长

又像是从未真正停止过一般

甚或还可能会是一件需要终其一生的事情

年少时总是渴望着有人能懂

自己那些个有的没的欲说还休的心事

长大以后才发现或许在适当的时候保持沉默

反而才是人与人之间彼此靠近最好的方式

年少时关于什么是爱与不爱

仿佛从来都是泾渭分明的

长大以后才明白那些种种关于它的定义

却每每会在突然之间就变得模糊了起来

长大以后的我们

那些曾经以为绝对无法原谅的

此刻又还剩下多少是真正需要被宽恕的呢

抑或是那些曾经以为绝对绝对无法舍弃的

现在真正拥有的可又还有些什么呢

但却不知为何

心中总还时常涌现出一些无由的悲悯情绪

就连同往日那些绝口不提的伤

不知从何时起在记忆里头

也全都变成了像是值得纪念的奖赏一般

至于那些无数次的期待与失望

也未尝不是铭刻了彼此之间曾经珍贵的情感

有时就连阳光下的影子

都似显得格外长情了起来

年复一年地摇漾着

那些终究一去不复返的时光

便默默地将那一份最真的祝福

深深地埋藏在了心里

在经历了一切之后

眼前的美好也不知怎的

好似忽然就变得坚不可摧了起来

心火

依旧是那团熊熊燃动的生命之火

仿佛什么都不曾发生过一样

无论是被烹煮的生活还是身在其中的你我

依旧是那团迎风飐动的生命之火

仿佛爱与恨都不曾来到过心上

无论是被灼烧的情感还是那在不经意间留下的伤

依旧是那团倔强舞动的生命之火

仿佛从未历过迷途或彷徨

无论是几经摇曳的青春还是那长成之后的困顿

然而从开始到现在

这场生命的烟火看上去却是如此绚烂又圆满

何不就彻底地投入一次　就在这一世

似这般将自己全然地交出　点燃

并且彻底地消融在其中一次

何不就试着心甘情愿地去守护

直到它燃尽那最后一丝丝光亮为止

就拼尽全力地去显化出那种种关于生命的可能

就像一片云似的自在地轻盈地只管尽情地去飞翔

然后便任凭着命运的明灭

教那一切终究都幻化为烟火

也不过是让你又一次地领略到了

什么是应风而起随风而逝吧

未成形的咏叹调

当我决定要将一切都抛诸身后时

一轮通红的太阳也正好从远处慢慢地升起

看上去像是一个崭新的希望

又或是全新的开始

我竟就这样再一次与生活恋爱了

细想想这确实是每天都有可能会发生的事

不过这一次却不是因着某个具体的人或事

也不是为着那些被唤作"我"或者"我的"什么

也许竟只是出于一种没来由的爱与喜悦

那或许是一粒早就已经被深埋在灵魂深处的种子

当我决定要将一切都抛诸身后时

眼前只剩下存在于每一个瞬间的真实

以及隐藏在每个瞬间背后关于造物的新奇

圆满得就像是在每一处都抵达了自己

过去那种种不成形的对于自我的描摹

终于也都一并消融在周遭所遇的平凡万象里

在似这样的一份宁静中或许便再也无须向外去找寻

此刻虽满怀着虔信却又说不上来那信仰究竟是什么

又许是当一颗心被填满时

永恒便也会跟着自然而然地出现了

而生活也仿佛正在以一种全然不同的方式

不动声色地慢慢展开着

又似在小声喟叹着

活着　原来竟是件如此美好的事

慢慢

也不知是从什么时候起

喜欢任何事情看起来都是慢慢的

看着太阳每天慢慢地落下又升起

慢慢地去体味那四季的流转与变迁

生活路上学会了一个人慢慢地前行

遇到身边人时也只会是慢慢地相处

迷惘时就去慢慢地聆听那内心的声音

颓丧时只待眼前的点滴慢慢地度过

历经五味杂陈时也只是慢慢地去品

就慢慢地去感受那情绪的波澜终究归于止息

并以一种看似独到的浪漫方式

慢慢地放过了关于一切的成见与评价

并且会不断试着去体认自己与世界全新的样子

然后就像这样　在爱中静候着

静候着　生命似这样慢慢地流淌开去

起风了

起风了

这次又将要去向哪里呢

有没有好好地去聆听自己内心的回答

是不是那些曾经拥有的也已全部可以放下

还有没有一些未出口的要向谁交代的话

对于前方未知的路真的都已经考虑清楚了吗

已经认定当下便是最好的时机了是吧

用不用多留几条后路也好随时撤退啊

如果只剩下一个人的孤独也绝不会退缩是吗

即使到最后也不能成功都没有关系了是吧

万一再次迷路的话要有足够的勇气去面对啊

起风了

听说那儿的凤凰花已经开遍了整个盛夏

这样也好　那就又一次迎风而上吧

在遇见后别离

在遇见后别离
那些曾经所遇的
也许在相遇的当下意义就已经完全地显现
不必沉湎又何须继续向外找寻
不如就慢慢地
去习惯在一边遇见时一边别离
只全然地投入每一个再寻常不过的瞬间里
然后便像这样安静地看着一切渐渐地远去
就像看着每日晨昏里太阳落下又升起
心中唯一值得庆幸的或许也只是
过往所走过的每一步
如今既不想留恋
也不会想要再去回望些什么
仿佛了无挂碍般只是微笑着向前走去
在遇见后别离
恰似这世间最美的情话一句

要从头原谅自己

当我们开始看懂了那份潜藏于伪善背后的善

也许才算真正学会了该要如何去原谅

要从头原谅自己

当我们看清了面具背面的那些胆怯与伤

才发现自己与其他人原来也没有什么不一样

当感受到像是热情过期后的空虚与迷茫

才突然理解了所谓的渺小与伟大

原来有天也都是会转瞬即逝的

要从头原谅自己

也许人与人之间所标榜的种种

或是自己以为的那些个与众不同

大多只是源自一种误解

抑或仅仅是由于各有侧重

也或许是一时的兴起或者情绪

又或是囿于某种关于理想与纯粹的局限而已

要从头原谅自己

至于那些原本就是说不清道不明的

也都不是必须要有一个所谓的界定

而无论是离经叛道还是愤世嫉俗

也是一样的都解决不了问题

要从头原谅自己

也曾在眼泪过后

试图去抚平那颗因为真诚而饱受伤痛的心

于是才终于明白了

在怨恨的同时那恨意才真正地灼伤了自己

要从头原谅自己

或许到最后我们终究还是学不会伪装

又或许只有真实才能将人们最终联结在一起

要从头原谅自己

一种态度

只要活着就很难避免某种态度

这一切并不玄

它可以是一种标签

或纯粹只是视角的某种局限

它也可以是一种信仰

抑或无限靠近的某种程度的真相

然而这一切都并不重要

追随它或是唾弃它

终究不过只是一时的新鲜

或迟或早人们总还得张开双臂来拥抱改变

唯愿还能保有心底那份最为鲜活的人生体验

一如用双脚踩在坚实的土地上

然后一步一个脚印地行进

不妨就敞开了心去一睹那造物的丰茂

或是活在当下

哪怕只是用心地一品那蔬菜瓜果成熟的味道

或许有天你便会意识到

单是作为一种生命的形态

抑或是作为某种简单的存在

这一切就已经是足够好了

爱的缘由

如果有人偶然问起关于爱的缘由

其一是夏天傍晚徐徐的微风

其二是曙色中冉冉升起的红日

其三是月光从云隙间倾泻而下

继而便是当我走向你时

你也恰好正望向我的眼神

如果这些都还不够

我愿意从此卸下关于自我的防线

融入在一切中　也包括你

如果这些都还不够

我愿意跨越生死的界限

让生命之火犹如日月般长驻此间

如果你要自由

我便化身坚定的海岸

只为守候你片刻的停留

如果你要陪伴

我定会温柔如风长伴在你左右

如果这些还是不够

我便只好沉默

因为在那片遥远又深幽的静默中

已藏有造物最甜蜜的爱意

一如承诺也不过只永生永世而已

懂得

愿你能够懂得自己

就像懂得生命本身

有时喜欢抑或憎恶都像是没来由似的

也许你只是单纯地想要离实相更近一些

你是多么渴望能够活在爱里

有时看似是对于某个人或事物的执着与依恋

你也许只是在尝试着赋予种种存在以意义

你是那么急于去解开这生死的奥秘

如果你看起来总是想要得更多更多

也许只是为了表达那对于生之热爱而已

听　你的内心正涌溢着的

或许是一份对于美好与无限的虔信与皈依

愿你能够懂得自己

就像了解了黑夜过后天开始明亮的过程

懂得人生本没有所谓最高或最低

生命从来只会一如所是

那儿便是一切创造的源头

种子的乐章

有时想象自己能像一粒种子那样

在重重失望与伤痛和就的土壤中

却依然倔强地开出了妍丽的花朵

在一次次被狂风暴雨冲刷过之后

内心却能愈加明净与清朗

有时想象自己能像一粒种子那样

从被昆虫啃啮的命运中

能再次参透因缘和合与生死流转

就让那对于生之渴望得以重新点燃

有时想象自己能像一粒种子那样

从始至终都保有着虔信的姿态

并愿以沉默与宁静

坦然地拥抱这变幻不息的命运

在何其渺小与微茫的一生中

只为着谱写一段关于爱与永恒的乐章

就请怀抱着一颗感恩的心

有如一粒种子那样在阳光下欢蹈个不停

又似一切重溯流回了生命的源头一般

回到小时候

就像这样再一次回到了小时候

在此之前我已经卸下了

那些原本就不属于自己的伪装

一颗被洗练过的心

却好似比任何时候都还要坚强

就像这样再一次回到了小时候

不同的是　这一次

却不再害怕自己会比谁优不优秀

或者又是要符合谁或谁的期待

可以简单到就只是作为一种生命的存在

同一朵花儿一条小鱼儿

同身边一切的存在在一起

就像这样再一次回到了小时候

不同的是　这一次

我不再努力想要成为谁

除了做回自在的自己之外

甚至不再祈盼着能够获得爱

只像是从来就活在爱里头一般

就算让你忘记了自己又何妨

和着月光

今夜

就让自己和着月光一整晚

既没有泥泞般的情绪

也没有总也得不到满足的欲望

就将那些原本就不属于自己的

——抛弃　摒却

只许心被此一刹那的温柔全填满

今夜

就让自己和着月光一整晚

已经多久没有自己与自己对话了

就趁着月光照见那个最真实的自己

并试图在那欢喜与忧伤的源头处探寻着

去了解自己真正想要的到底是什么

今夜

就让自己和着月光一整晚

然后安静地去倾听

那颗好似正在被困住的心

就用一整个的拥抱让这一切都归于平静

就这样沉醉于月下的一枝花影

犹如千百年前的我们一样

当眼泪落下

如果一定要让眼泪落下

希望那是因为爱

而不是囿于某种自我的局限

或是想要向外抓取的一个欲念

你知道的　那仿佛与生俱来的

它必是来自生命的源头

如果一定要让眼泪落下

希望那是因为爱

而不是出于某种傲慢与无明

又或是对于浮华表面的一种迷恋

你知道的　有天它必将会消融掉一切

就像是再次回到了生命的源头

如果一定要让眼泪落下

希望不再是因着那副头脑

或是那具迟早要发臭的皮囊

你知道的　这一次

也许一切终将会变得不一样

夜曲

就让我为你弹奏一首夜曲　在今晚

就算霓虹灯还在谁的酒杯里摇晃

且不用管

就放任思想与情感像这样尽情地流淌

都不用管

然而为何人们还是活得如此警醒

为何还会有人想要静下来聆听

那沉醉的表面背后是否还会有真心

然而为何人们还要活得如此清醒

为何还会有人声称可以看见

那层层的伪装下被掩饰完好的深情

就让我为你弹奏这首夜曲　在今晚

就让一曲琴音奏出彼此之间生命的回响

余下皆寂静

晚开的花

一觉醒来

那银白色月光正笼罩在玲珑的夜下

好似在突然间明白了

这一生中可以说得上真爱的

从来就不是那些用力谋求或者权衡利弊的结果

它是仿佛与生俱来的此生唯一的选择

而所谓生命的完成

也并非是透过了比较或是在战胜了他人之后获得的

它只会发生在你用尽全部身心投入着的当下

并且当你能将名为他人的福祉也一并纳入其中之时

在这场有关生命的盛放与完整中

也同时包含了那些晚开的花和未结的果

而此刻

在一丛银白色的山茶树下

你仍在痴恋着的那些可都还有些什么呢

盛开的花

盛开的花　开吧开吧

好似从未历经过风雨一般

就尽情地去探求真实的自己以及想到的方向

在人群之中从此也不用再去伪装

唯一能确定的只有那束来自内心之中的光

盛开的花　开吧开吧

仿佛已然经历过无数的风雨一般

最终褪去了绚丽的表面回归平凡的土壤

要知道在那通往自由之径

方向从来说不上对与错或者正与反

先试着不要着急对一切做出评判

只是循着心也许才能看清事物本来的模样

盛开的花　开吧开吧

就再次背起行囊向前一步走走看

注定要发生的从来也不会嫌太晚

就将往日失望与伤感统统抛诸身后

并且悄悄地埋葬

要知道在这世上

再也没有比对生命的体验更加珍贵的了

盛开的花　开吧开吧

关于存在以及在那其中千万种的可能性

定要倾其所有　哪怕只为一次毫无保留的绽放

找寻

你是在找寻吗

又是在寻找着什么呢

是爱吗　抑或是喜悦

是平静吗

还是某种有限的真相

或是一种限定的意义呢

你是在找寻着你自己吗

可那目光却又为何总是向外需索着呢

也试着向内探探吧

你要找寻的说不定就已经在那儿了

无论是平静　喜悦　还是爱

你是从什么时候起开始遗失的呢

或者你曾经有一刻真正遗失过它吗

你或许是被什么捆绑住了吗

不然那些看上去的局限又都是些什么呢

又何苦非要给幸福附加上种种的条件

是什么竟会让你如此局促与彷徨

以至于总徘徊在生命的源头之外呢

从什么时候起你竟已完全忘记了造物的伟大

孩子　快快回家吧

逍遥游

如果爱它

就让它绽放

那是对待生命应有的责任感

不要怕

任四季更替　　星月变幻

一蓑烟雨步天涯

如果爱它

就放它自在

那是生命该有的尊严啊

不要怕

任韶光老去　　岁月芳华

随完流水随落花

偶有嬉笑怒骂　　忽而故作潇洒

不要怕

便以玩乐的心态全然地投入其间吧

到了不过是以坦荡与快乐作为回答

一个病人

你终于向我说起了那个人

一个濒死的病人正躺在病房的床上

于是有关她的一切都瞬时变得洁白起来

洁白的床　洁白的墙　还有身旁洁白的医生

这还是你第一次这样直接地向我论及生死

她之前或许曾有过的一些爱恨　你说

也曾经有过一些简单的欢喜

但应该不会每次都能做到那么真诚

或许还有过一些隐约的憎恨

但也不一定都是表现得那样直接

她曾经走过四季

感受过风吹叶落后的自在

享受过那一缕来自阳光的温暖

她或许也曾憧憬过生活的五彩斑斓

正如同我们一样

也曾因为爱与想念

偷偷地将自己尘封在日记本的最后几行

她最爱吃的或许是樱桃吧

而且是颜色分外鲜丽的那种

这些大概便是关于一个人一生的总结了

此时却仿佛全都联结成了一片纯洁的白色

一切到了果然是干干净净的

关于人的出生与死亡原来竟是同样完美

真好　良久后你说

可却不知道是冲谁

爱的播撒

回想起来　正是在那一天
您将那爱的种子播撒进了我心里
那一日的太阳一如往常般高挂着
鸟儿在枝头轻声地呢喃
夏花们亦似笑非笑般颔首不语
空气中满溢着一种平和与恬淡的气息
那感觉好似所能感知到的一切
都彼此联结在了一起
从此便再也没有了距离与隔阂
无论是这个世界
还是生于其中的你我
竟就像这样一下子被消融了
无论是头脑还是身体
都好似感受到了从未有过的清明
心底是臣服的　在那一刻
试图还说些什么
可眼泪却只自顾自地流淌不已

正是在那一天　我才终于明白

您其实早已将那一粒爱的种子播撒进了我心里

行走在溶溶的月光中间

独自行走在溶溶的月光中间

心也如同浸在一道光中那般清透而盈满

关于过去的种种都已完好地放在了身后

连同曾经迷惘的自己　挣扎的自己

多么不喜欢的那个自己

当失去目标之后

只一心地沉浸在过程之中时

脚步反而愈加坚定了

此刻在卸下了一切之后

我便只是我

快乐或是忧伤　幸福或是孤独

至多不过是又多了一种对于生命的体验

那些原本以为是依附于我的

抑或是构成了我的

其实全都不是我

像这样子将自己彻底地清空了之后

时间也仿佛一面在流逝之中

一面却又若有所得似的

原来不做挣扎的感觉竟是这样好

从此关于人生中即将到来的种种

理解中也再没有了所谓绝对正确或是错误的决定

只有那发乎内心的同时也便是最为自然的选择

独自行走在溶溶的月光中间

心也如同浸在一道光中那般喜悦又敞亮

身后只留下了一水的温柔似月亮

走失

一直以为想要的那些既光鲜又绚烂的
有天却恍如梦境般遥远又陌生了起来
一直以为关于幸福的定义就该是那样子的
有天却突然发现自己反而离幸福越来越远了
这一切是从什么时候开始的呢
是从什么时候起我们便开始绕路了
是从绕开内心的那天开始的吗
还是从绕开自己开始的呢
是从习惯于给周遭一个限定的意义开始的吗
还是从构筑起种种的成见与思想的藩篱开始的呢
而我们又是从什么时候开始走散的呢
原以为应该是在这个世上最为了解我的那个你啊
是不是人总要在经历过一番之后才能明白
幸福原来可以是无条件的
一如裹藏在儿时记忆深处那一片雪花的快乐
而曾经所笃信的
那些原本以为最是理所当然的

又是从什么时候开始便在持续地崩塌呢

而在通往幸福的路上还在兜兜转转的我们

似乎从来也不曾搞懂

直到此刻再次回到了自己

直到那颗袒露的心再不需要任何雕琢与修饰

直到终于明白了譬如一朵花儿的生长与绽放

对于这个世界究竟意味着什么

清楚的爱

这世界此时清凉得

像是一阵风对于云的表白

而我也已准备好要与这世间万物恋爱了

当她说起这些并以一种无可辩驳的态度时

在那一刻仿佛这世界的确已经是属于她的了

也许有时我们只是误以为爱得很清楚

却不明白在爱里那感觉其实根本就说不清

不信瞧瞧　这星辰　大海　湛蓝的天

哪一份爱又不是早已经超出了所谓的逻辑与语言

而此刻的她心底想要与之共舞的那个又会是谁呢

这世界此时澄澈得

像是皓天对于碧霄的表白

而此刻的我也只想要尽情地敞开怀抱

去拥抱眼前这一切如其所是的美好

一些些微细

现在的自己每每会感动于一些些的微细

譬如偶一时风的暖

通红的苹果滚落在了地上

晨风中氤氲的甘草腥香

猫与狗在一米阳光下追逐嬉戏

并开始真正地喜欢上了这下雨的天气

内心仿佛随时都会蹿出某段松快的旋律

也许是年轻时已谈论过太多的理想与主义

如今的生活简洁得

更像是一段故事的旁白或是插曲

世界是平静的

好似从一个玻璃圆孔向外望去

至于谁是主角之类的问题真的已无关紧要

正像人们活着也并不一定非要抵达哪里

感动也可以是完全没来由的

而不是必然要将时间的每一帧都串联起来

才能凸显其意义

奇妙的是常常也说不清楚

为什么会在突然之间泪流不已

所幸人生还剩下这些终究无解的滋味

更一些些的微细

供自己慢慢地欣赏与玩味

活着

终于明白人生也许竟是争来的

有时是为了生存　　有时是为了尊严

对于一无所有或者一无所是的恐惧

有时也会担心得大气都不敢喘一口

胆怯时也只好硬着头皮等着一切都过去

没错　　反正这一切终究是会过去的

徘徊中又常常误会要先有个目标才能去行动

以至于等到回头时却发现早已错过了时机

此时不妨就试着全身心地投入自己

那些关于什么才是刚刚好的

也许反而会变得愈加清晰起来

有时我们不得不去承认

关于什么是热爱

人们常常都只是想要浅尝辄止而已

至于那内心中真正所想的　　想要成为的

或许本应该是一些更为长远的

而此刻的人们却又那么心甘情愿地困住了自己

当往日隐秘的伤口再次袭来如顽疾

到头来才明白什么叫作悲欣交集

而关于过去的种种

终于都已成了过去

才发现真正的原谅

原来并不是自此绝口不提

而只是径直大踏步地朝前走去

那真正可以称之为强大的

或许是从此再也不会害怕做回真实的自己

是试着加倍地去肯定生命　去肯定爱

去肯定生而为人的一切

活着　如此而已

替代

这一次

终于谁也不再预备要符合谁的期待

而你又是否真的想过要去拥抱谁

这一次

终于谁也不再企图会被谁所了解

而你又是否曾经真的看清楚谁是谁

那被困住的

究竟是一时的欲望

还是你自己亲手垒就的一道高墙

搞不懂的那个　到底是别人呢

还是愈加看不清反而会是你自己

在尝尽了无数遍的失望过后

这一次

是不是可以试着不再教谁去替代谁

而是真诚地从这生命的百态中

去寻见自己内心那一束光

归零

就再一次将自己归零

让一切变清澈

以安定的心却不再强求多一分的安稳

也不愿再像这样继续地被困在原地了

这些或许与勇气什么的有关

又或许压根与这一切都无关

而只是学会了要如何去直面自己

也不愿意再逃避了

在将自我悉数地斩断与粉碎了之后

最后解开解不开的那些似乎也都已不重要

就再一次将自己归零

让一切变清澈

随去的去来的来

只常在四季里静待着花开

由无心落有心

最后至多留一半的绚烂再一半的寂寥

或许这些都只是刚刚好

而关于什么是热爱

从今既不再试图去做掩饰

也不再妄图某种果报

却反而会愈加地期待

一次次地与这恼人的红尘相遇　碰撞

最后　任只影消融于无形中去了

同样的我们

我们曾经

等在同一片蓝天之下

等到同一天的拂晓或者晚霞

等着同一辆公交车经过身旁

等在同一盏昏黄的路灯下面

等待同一个雨天终于就这样过去

也曾被同一种孤独或者甜蜜所环抱

等着那同一句迟来的问候或者笑答

而如今的我们之间

隔着的却又何止是千山万水的距离

原来啊　连那份疏远或是陌生竟也会是同样的

当我终于弄明白过程即结果这句话时

不知你是否也会依稀地怀念起

曾经属于同样的　我们的

那些　却也早已是不在的了

情感中的关系

若要从情感中论及一段关系

正犹如将人性摊开来在阳光下进行曝晒

于是便有了放大的阴影

喜怒哀乐也随之变得浓烈了起来

再经由内心的戏码一幕幕重复地上演着

直至将那对于生之欲念彻底地消耗殆尽为止

若要从情感中论及一段关系

在那过程之中人们如何由不完整变成完整

从学会欣赏他人的与众不同

到终于也意识到自身的独一无二

灵魂由习惯性的对外需索直至终始合一的

连同着世界仿佛也由割裂的碎片联结成了一个整体

这些回想起来像是既说不清也道不明似的

若要从情感中论及一段关系

如何从最初的自我怀疑终于抵达了自我完整

一切也许还得从彼此遇见的那一天说起

背影

当时的离开

是不是一种最好的选择

当你背对着我

面向着远处一片海与天相连

我知道那时的你

其实已不再需要有一个答案

关于人生抑或理想的道路

始终都会横亘在人们的心间

原本也不需要去做过多的解释与说明

停靠或是行走

都不仅仅是一种看似的表面

而相信也许已是我能给出的最好的祝愿了

只剩下了独自的沉默与守候

一轮落日已将水与天的苍茫永恒地浸透了

映射在那黄昏的尽头恰似一种别样的温柔

连同那时你的背影

都轻柔得好似一阵风

有着如风一般的坚韧与勇毅

而曾经经历过的那些个迷惘与伤感

顷刻之间似乎也都已经离你而远去了

多想就那样一直看着你的背影

时间停下来了话也已显得多余

只是不知道多年以后

当我们再一次地回忆起这次的离别时

谁会是谁曾经绝口不提的刻骨铭心

而谁又是谁在每个午夜梦回之后的海阔天高

如梦一场似的

如果爱

关于什么是爱

这就像是继我是谁之后

上帝抛出的又一个谜题

我们也曾尝试过从另外的一个我身上寻求那答案

也曾一面怯弱着

一面又恨不能为此献出宝贵的生命

也曾孤注一掷地想要与那现实贴身肉搏

哪怕被撞得头破血流也仍是在所不惜的模样

也曾经为之生为之死过的那些个证明

到最后或许依然还是得不到一个理想的答案

竟像是活着活着有天居然无所依凭了一般

甚至有时还会让人开始怀疑

那究竟是一个谜题呢

抑或只是上帝的一个无心的玩笑而已

关于什么是爱

可以确定的是无论是过去　现在　还是在未来

仍然会有无数的游魂在午夜梦回之时

一遍遍地叩问着他们自己

直到有一天

终于明白我爱你其实正如同热爱着生命本身一样

直到有一天

它终于不再以一种谜题的形式

甚至也不再只是关乎一时的欲望

或是某种利益的互换

而是彼此之间真正的联结以及相互之间的滋养

如果爱

只是作为一种给予的本质

又或被还原　为了生命自身的一种存在的方式

如果有一天　在万千人之中的一个我

所爱的

只是从万千人当中碰巧来到的一个你

如果人的独特性与普遍性

从此而终于融合成了一篇完整而又和谐的乐章

如果真的有那么一天

也不知世界会不会因此而有了另外一番不同的景象

走进阳光里

如果一直走一直走

就能走进阳光里

这一切发生在一个雨后的清晨时分

仿佛正是这个简单的确信给了人希望

也就是从这样的自信开始

人们终于下定了决心

试着去拥抱生命所给予的一切

如果一直爱一直爱

心中的花儿迟早会绽放

它将点缀你来时的路并且最终留下记忆的芬芳

也许同样是在那样的一个雨后的清晨时分

让你明白了原来所有的美好

都只是源自自己的一颗心

这或许就是关于爱的本质

如果一直走下去一直爱下去

是否就不会再去管这段旅程最终将要抵达哪里

心如海

安静时心澄如海

没有剪不断理还乱的情思

也没有那些个欲说还休的心事

于是便剪下来天外一角的月光

任意地挂在了窗檐或是印在了心上

或是索性将之献与那绵延无尽的夜晚

安静时心澄如海

没有那些个可以与尔同销万古愁的爱怨

也没有好似滟滟随波千万里的想念

也许只是跟从了空中一只流莺的低啭

且歌且舞地一路流浪

并趁着天黑独自将一份孤独细细来品尝

安静时心澄如海

一如旷古时分的人们那样

既说不清眼前这一切真正的缘起

也猜不出终于结束时分那最后的景象

却又不知是为何

从此便已留下了对于永恒的痴心妄想

如果从头来过

如果可以从头来过

一定也还是会选择用真诚来面对自己与这个世界

即便是被提前告知了在那成长背后的艰辛与代价

也不愿就此错过任何一个敞开内心去拥抱的机会

从而认知与懂得了种种关于爱的演绎与表达

如果可以从头来过

一定也还是会渴望能够拥有如赤子般坦荡的胸襟

即便是被提前告知了那些伤痛的体验与重重困境

也不愿错过在可能磨砺中习得宽宥与慈悲的机会

从而明白了一颗悲悯之心才是一切勇气的源泉

如果可以从头来过

一定也还是会去走一条内心最想走的路

去成为自己心中最想要成为的样子

你知道的

这也许是我们最后的机会了

世界的尽头

这一次

我倾听着来自内心的声音

听它说　下一站

许是世界的尽头

抑或是又一个崭新的开启

也是从那一刻开始

似乎才终于意识到了

原来自己一直以来苦苦追寻的

那个被叫作自由的什么

从来并非只是一句空泛的口号

或是另一场完美的逻辑演绎

又或是再一次理性上的征服与斩获

而是通过不断地向内探寻终于获得的

那真正的来自生命源头的恩泽与犒赏

那是源自人们灵魂深处的祈愿与回应

而不是为着迎合任何人的喜恶与评判

更不是为了继续蜷缩在象牙塔中幻想可以称王

抑或为了攫取那片刻的舒适与欢畅

而内心却因为犹疑与胆怯时刻都准备缴械投降

你早该明白除了真诚的爱之外

生命随时都有可能面临一无所有的局面

但　这一次

我愿意跟随那来自内心的声音

听它说　下一站

许是世界的尽头

抑或是又一个崭新的开启

最朴素的道理

到最后

生活总能被归结于一些最朴素的道理

正像世世代代的人们所活出的那样

总是要在热爱中才会懂得对过程的珍惜

在终于从容时才学会了放下对结果的执迷

在被这个世界定义为你是谁之前

不妨先以自己喜欢的方式来定义你自己

当明白了一切外相不过都是内心镜像的投影

于是才决定要重新回到那最初的发心

试着既不去俯视也不去仰视

而是以平视的角度平静地去看待所有的发生

认真地去了解关于那一切的缘起

并最终在平和中学会了任其滋养抑或随之绽放

当明白幸福原来可以是无条件的时

那自在的感觉就好像

夏天的风正追赶着悠游的云朵一般

那内心的安稳正如同

快要干涸的泉水终于游回了汪洋与大海一样

此刻的我多想再次回到儿时的操场上

当我们抬头仰望邈远的星空时

抛开那些最朴素的道理

在梦开始的地方

我只是想要告诉你

这一次

我们一定不会再走散

也许现在

一切都已经过去

也许现在

一切都还来得及

生命好似一个圆

在经历了一切之后

生命看上去好似一个圆

从最初又重新回到了最初

从起点重新又回到了起点

直到某天遇见了一个人

便又像是一个注定的归宿

那感觉仿佛是再次回到了小时候

在这段生命的旅途中

在所有的思考　感受与体悟中

我们不断地经历着成长与自我完善

并凭借着理智与情感

交织着奏出了一段段不完美

但还算和谐的乐章

生命每每从理智中收获平静

又从情感中迸发　流动与恣意地绽放

生命正好似一个圆

让每一次的遇见都如同命定般圆满

而在这所有的际遇中

人们或许最终会成长为内心那一道光

一种叫作信仰的什么

情感中要做到完全坦诚与信任

这的确很难

而为了爱一个人

我们似乎也已花光了所有的勇气与力量

但脚下的路此时看起来却还依然漫长

这时支撑着我们的

或许竟会是一种叫作信仰的什么

某种说不清道不明的

却因此而制造出了看似生命的意义来

又或许是它给予了人们继续活下去的希望

将那有限的与无限的紧紧地联结在了一起

那时的你仿佛已不再仅仅是你

而是在千万人之中的一个你

而那时的爱也将因此被无限地蔓延与扩展

合一的内心因此而迎来了久违的平静与稳定

如同大树般慢慢地扎下根来

最终被一种叫作幸福的感觉萦绕于心

曾经的怀疑也因此转化为了一种相信的力量

源源不断的

又好似与生俱来般的

那生之能量

小日子

到现在

能够姑且被称为小日子的

莫过于那一份内心的笃定

正好遇到了一份现世的安稳

平淡中却也饱含着些许的真义

值得叫人一而再再而三地细细去品味

不妨就此敞开心扉

将那些曾似被岁月辜负过的

也都一一地珍藏在心里

每当驻足回首时

也依旧还能保有着一份

比起往日只多不减的专注与热情

于回忆中绝口不提的一些不舍与怀念

于情深处也不过轻描淡写地再叹一句流年

到现在

能够姑且被称为小日子的

莫过于在那万家灯火的映照中

尚余的些许丝丝袅袅的哀乐与闲愁

一些似已不愿记起

一些却似早已散去

剩下的那些挥之不去的

就暂且留在心头待到明天

归来

我回来了
这句话此时也不知是说给谁听的
内心慢下来慢下来
正充分地感受着时间与生活
日子也好似被光阴拉得更长了一些
长到仿佛一切又都回到了小时候
回到了生命最初的那些汹涌与悸动里
就光凭着一颗心行不行
既没有比较也没有计较
就光凭着自己的本来面目过活好不好
记忆里头也不知是谁曾这样痴痴地说过
我回来了
这句话原来是说给自己听的
这世上大概没有人会知道
为什么冥冥之中人们总是会一而再
再而三地回到同一个地方
可此时善解人意的风呀吹啊吹的
直像是吹进了人的心窝窝里似的

命运的锁

逃亡吧　还是逃亡比较好

到底是为了什么呢

你却还想要开启这把命运的锁

难道就不害怕一切重又被打回到原点

那些已经拥有的就应该紧握住不放

何苦非要再次回到那分岔路的路口

又何必还要去管别人怎么想

难道谁又不是早已经注定好了会心伤

投降吧　还是投降比较好

那些逝去的终归是已经逝去的了啊

究竟是什么还在令你这样念念不忘

与真心有关的话题早就已经没有人在讲

想要守住的

那些或许也已经全都面目全非了

你难道就能确定什么才是人们该去的方向

究竟是为了什么呢

你却还想要开启这把命运的锁

在梦开始的地方

那是一个关于什么的故事呢

当小半段的虹桥斜倾着

延伸向了云海的另一端

心中却像突然被什么击中了似的

没来由地

莫名涌起了一股感动的情绪

那些陌生与熟悉

遗失的和正在被寻找的

在此时也全都被混成了一个整体

连同在那些故事里的

遗失与迷惘　快乐或忧伤

或许到头来结局也都会是一个样

关于那些爱的痛的

和千百年前的

或许也都是相差无几

可是为何人们却还像要拼命紧握住什么似的

而那可以称之为独特的　或者永恒的

究竟又会是些什么呢

在这生命一刹那的时光里

却好似又再次回到了一切开始的地方

在那梦开始的地方

又或是梦遗落的地方

真想去弄明白人与人之间究竟当初为何会走散

想要去再次认真地聆听内心那答案

你知道的

或许这一切已经就是最好的安排了

现在站在这个看似离梦想最近的地方

你又究竟想要听到什么样子的回答呢

也许就这样

也许就这样

任记忆来回地盘旋着

就像试图回到那一切的源头似的

想要去了解那伤痛或者背弃发生的原因

去看清那谎言背后隐藏着的是否只能是谎言

然后如同拥抱着生命一般去拥抱自己

然后如同原谅了所有一般原谅自己

也许就这样

任记忆来回地盘旋着

可此时的神石山却赫然地屹立在眼前

不停地拉近又推远

仿佛欲将那一切的妄念全部都碾碎一般

到最后必将要还回来一整片明彻的天空

此时在心底却不知为何突然响起来一个声音

孩子　你终于回家了

有风居住的地方

就在这里

在这个有风居住的地方

看繁花点缀下蒲苇自由地摆荡

在大自然的孕育当中

一切都看似自在从容

无论是想要爱的人还是想要做的事

关于要达成的无论什么

都已不再是人生唯一的面相

也不用再去追问到底什么才是活着的意义

或许生命本身就已是全部的意义

要明白草木也歌的道理

就在这里

在这个有风居住的地方

听繁茂枝头上鸟儿自由地啼唱

在大自然的怀抱中

就像是正被那无所不在的爱包围着一样

无须过多的言语就能明白

其实幸福一直就被紧攥在我们自己手里

也不用再去追问到底如何才能获得幸福

或许生命的本质就是幸福

要明白草木也歌的道理

回到源头

被一场大雨洗涤过之后
一切仿佛都变得清晰起来
终于懂得了
原来在这世上越是深刻的爱
往往越会是悄无声息的
能够穿越过肆无忌惮的狂风暴雪
任凭经年累月的时间冲刷与洗礼
也可以简单到只剩下默默无言地守候与陪伴
它甚至可以是舍命的
可以拿整个生命去滋养
一如脚下正踏着的这片深情的土地
此刻仿佛一切重又回到了源头似的
也许生命真正是起源于这里
依傍在此之上的还有那一整片澄澈的江水
与黑黝黝的大山
听见心底正在千百遍地祈祷着
但愿不要再因为任何的自大与愚蠢

让它再受到一点点的伤

听见了吗

事情或许总是这样

事情或许总是这样

一开始会更加看重独特

而后却又在寻求着其中共通的是什么

也许相较于特立独行或者标新立异

谁都明白其实没有哪个人能够单独地存活

谁又不想知道关于那普世的真理究竟是什么

事情或许总是这样

一开始是关于热爱

而后更重要的却是始终坚持的那个

毕竟相较于那些如火花般的转瞬即逝

就算还没能够真看清所谓无常的是什么

对于生命人们终究会有着更为长远的期待

事情或许总是这样

以为这世上再也没有什么是值得去爱的了

可内心却也从未能够真正地放弃过

那些对于生之渴望

无论你曾经相信过或者从今不再相信些什么

梦里神说

也许他知道

只有爱是最重要的

所以才会像这样无时无刻不在寻找

所以才会时而以之作为手段

时而又拿它当成目标

并且乐此不疲

直到他以为自己已经深入其中了

可却不知为何一切又看似注定得不到

于是　在梦中

他不得不去问那心中的神

为何命运竟会如此不公

为何生活总是像这样多灾多难

就请您赐福于我吧　他说

也许我只是什么都想要得到

这次神终于开口了

他听见神说

孩子　生命是本自具足的

爱　其实一直就在那里

可你却为何至今仍然在四处寻找

然后　梦醒了

寂静的山影

望着眼前黑魆魆的山影

以及远处渺然相伴的云烟

仿佛回到源头来重新遇见自己

一面抑制不住内心的悸动

一面却又似觉察到了对于过去的无可留恋

仿佛一时竟也弄不清

那些曾经加诸己身的

甚至屡屡引以为傲的

与此时的这个自己究竟是有着何种联系

那是一段段人生的插曲抑或只是回忆

其间的快乐与悲伤

是不是与别人的也全都一个样

而那最终沉淀下来的还有些什么呢

总该要留下一点什么吧

而除去那些之外呢

除去那些看似与我有关的一切之外呢

我又是谁

而此时呆呆的大黑山啊

却似乎只剩下了寂静无语

最大的财富

不知道从什么时候起

便不再害怕时光的流逝

也许是因为懂得了时间终究会沉淀下什么

而关于其中永恒的存在及其珍贵的意义

也似乎比年少时的自己了解得更多了些

不知道从什么时候起

便不太容易会感到失望

也许是因为明白了期待对于其他人可能会造成的损伤

而关于无常以及因缘和合的道理

似乎也比过去理解得更为真切了些

然而终始未曾改变过的

仍然还是那一份久久珍藏于心底的纯真与热爱

直到多年以后的我才明白

原来那已经是一个人所能拥有的最大的财富了

一颗心的形状

当我试图去描摹出一颗心的形状

风儿正巧在鸟儿的翅膀下四处逃窜

迎向了天空中的那片一望无际的浩渺与蔚蓝

此时突然间清晰地感受到原来幸福真可以是无条件的

没来由地

一时竟会莫名地湿了眼眶

当我试图去描摹出一颗心的形状

繁盛的雨点正在动情地吻着望天树的树干

于是葱翠被苍茫地掩映在了远处一大片巨型的天幕之下

原来啊原来　不止我一个人

想要与这整个世界真正地融为一体

没来由地

一时竟就这样莫名地湿了眼眶

当我试图去描摹出一颗心的形状

它仿佛已消释于无形

却又正在从一切的形相中滋生与暗长

有没有这样的一件事

这世上有没有这样的一件事

是你想要用全部的生命去投入和热爱的

这世上有没有这样的一件事

让你不再那么想要去计较世俗的一些得失

即使是被现实撞得头破血流了内心却还仍旧不依不饶

这世上有没有这样的一件事

可以让你再也不必四处去找寻活着的价值与意义

因为从你爱上它的那天起整颗心就已被全部填满了

朋友　无论还需要付出多少的代价

请你务必要找到它

无论在别人看来那是多么微不足道又无关紧要

请相信在这条不断探索并与之相伴的路途中

你终将会得到所有关于生命的解答

请从这样的一件事情开始吧

就喜悦地去做生命需要你完成的事

此间岁月

在岁月的熏陶与渲染下

你终于也有了人生明确的底色

时而深沉宁静　时而广袤深远

一如那山间月色

又或似沧海日落

你开始像看待一段故事一般

去看待自己所处的生活

既不会不假思索地去批判

也绝不会无条件地投降

进退之间内心自有着一番明晰与确定

在许久以后你终将会明白当时一切发生的缘由

也开始学会了要怎么样去对待那细水长流

或是去度过一段真正的人间烟火

如今当你再次说起一段往事时

眼前只剩下了不尽又温柔的夜色

开始或结束

到现在才明白

该遇见的总会遇见

无论那是一段情感的发生

抑或是一场思想的转变

也无论那是有意识的

还是无意识的

正是你自己召唤了它的出现

到现在才明白

该结束的也总会结束

从它出现的那天起就已意味着转变

无论你是否真的心甘情愿

曾经的发生

其实早已经孕育了另一场崭新的开启

直到有一天

你不再简单地去定义开始或者结束

直到有一天

你已经学会全然地接纳生命

心中的花儿

当心中的花儿再次盛放

在那个重新闪耀着星星的夜下

好似在瞬间便明白了

那一直迷失与找寻的到底是什么

听　耳畔那声音再次响起

它来自光

承载着光

散发着光

她这样说着

然后一面沉默地凝视着

此间岁月的痕迹

一面望向远处　零落的

久已老去的白桦树的树影

仿佛独自体味着时光永恒的变迁

回首漫长的来时路

往事一句两句也已说不清

只余这一夜的花香　弥散在

那个自己与自己的世界里

丰饶得像极了一个美丽的梦

任谁也不愿意醒来

一整片云下

抬头便望见了一整片纯白的云

径直地朝向山的另一面泼洒开去

那是包容一切的云啊

势必将要融化你的心

抬头便望见了一整片蔚然壮阔的云

明澈干净得仿佛能穿透那万里的屏障

那是能参透一切的云啊

势必要叫你敞开了心

关于从哪里来　到哪里去

又或者究竟什么才是活着的意义

在这一整片云的坦荡之下

诸如此类的任何问题便再也不必要提

更无须再有什么迟疑

看　一整个的世界正宛若新生一般

没错　就像这样

以随便一个什么理由尽情地去热爱吧

就好像正乘着风儿的翅膀一样

一轮满月

在一轮满月过后
人生好似再次经历了一场灵魂的洗礼
有什么确已是在明白无误地老去了
有什么却还分明是如此鲜活
仿佛纤毫不染似的
在一片玲珑月光的浸透之下
一场爱的序幕正在缓缓地开启着
既深沉又饱满
如同此刻被包裹着的这片宁静的夜的气息
也在滋养并包容着仿佛那一切造物的奇迹
连同在此之中的一个渺小的我
你回来了
一个声音好似这样深情地诉说着
此刻月下的人却早已经泪流不已
当再次遇见当年那个长磕在菩提树下的自己时
其间已然不知过去几生几世了
但那一轮浑圆的满月
却永恒地烙印在了心上

家

在天空与云海的尽头
那里便是我的家
大山青成一丛一丛
潺湲的澜沧江就舒展在你脚下
那儿的人们总是腼腆
爱笑
笑起来真像是一朵朵圣洁的花
他们又总是那么安然
仿佛同周围的一切都长在一起
无怨无悔似的
唯愿可以陪着时光一道老去
连同着一份遥远的惦念
这一切便都构成了一种圆满
看　在那片天空与云海的尽头
那儿便是我的家

此时此刻

当屋外一角的天空

无所保留地献出了一份无边的湛蓝与清澈

当峻拔的大黑山也展现出那般柔美又坚毅的轮廓

你知道

那心头苦苦寻觅的

在那一刻

终将是不舍离去

当醉人的杜鹃花无所顾忌地开过了花季

当绚烂的晚霞将最后一抹光影也淡在了湖底

你知道

那些曾以为可以紧握住不放的

在下一刻

也终究将会随着韶光老去

而这一刻　就在这一刻

月光依然照满山涧

清风仍旧追随鸟语

你知道

不在那一刻　也不在下一刻

生命正是在每一个此时此刻展开着

守候

青鸟为谁守候在风中

花儿为谁守候在月下

小鱼为谁守候在水中央

马儿为谁守候在荒原上

晚霞为谁守候在暮光中

星星为谁守候在夜里头

船儿为谁守候在野渡口

雷电为谁守候在风暴里

彩虹为谁守候在大雨后

那么你呢

你又是为了谁

守候在这条静谧的生命长河之中

那　到底什么又是守候

什么会是永久

可你却说

那是当我再次走向你的时候

第二次生命的开启

就仿佛是第二次生命的开启

我将日月山川重又拥入怀里

我将再次肯定生命　肯定爱

无论它们是否有着任何的意义

我会重新恣意地生长

无论还要经历多少遍的风雨

我会将那太阳再次融化进心里

然后用微笑点亮每一次醒来后的晨曦

我会在黑夜中守护着光

用一双脚毫不懈怠地迎向每一个朝夕

我会对生命的奇迹一探到底

然后　再然后

我或许会乘着明媚的风

不顾一切地奔向你

总之　我会紧紧地拥抱住这一整个的世界

就仿佛是第二次生命的开启

老了小了

我想我大概是老了
所以才会在幸福的时候
却常常想要流泪
在感动的时候
却又每每想要哭泣
我想我大概是老了
所以每当回忆往事的时候
竟已分不清楚是苦的或是甜的滋味
所有那些已经发生的
也变得时而模糊
时而却又分外清晰
我想我大概是回到了初生时的自己
想爱的时候就去爱
难过了便哭泣
总想着定要去创造出一个奇迹
并且还要把那一切的美好都揽入怀里
想要去真实地感受　我想
我也许只是回到了那个本来的自己

爱的旅程

请相信　在这世上

没有任何一件事情是随随便便发生的

就像没有人会无缘无故地离开一样

也没有什么决定会是那么轻易的

就像没有人可以真正自由得像一朵云一样

请相信　在这世上

没有人会真正地逃离爱与被爱

因而从出生的那天起他就已经注定了寻找

也没有任何努力会被白白浪费掉

因为当付出的那个人在说愿意的那一刻

时间就已经给予他回报

也许所有这一切也终究将会被遗忘

毕竟岁月看起来是那么无可阻挡

但请相信　关于爱的旅程却仍将会继续着

直到它不再被寻找

只是会无条件地存在为止

归巢

就像落叶总会投入生长的大地

倦鸟总会飞回温暖的巢里

孤独也终将会找到最后的依归

再次驶回那生生世世的渡口

就像天空总会散尽阴霾

春风总会吹走尘埃

灵魂也终将会卸下重重的负荷

回归于明澈清净的源头

而人的一生也总要经历醉生梦死

或是舍生忘死

从而证明自己曾经来过

热烈地活过

并且将义无反顾地活下去

才好让这一切终究归于止息

圆满或虚空

从今往后

对于人生你便只有好奇而没有疑问

因为你知道

人们或许可以解释天上雨雪的形成

或是一颗流星的坠落

而关于人生的种种

却并没有现成的答案可以被提供

于是便试着不再去追问

只是让生命自然地呈现

它本身的神圣与五色斑斓的景象

于是便试着不再去寻找

只是安然地驻守在

内心那方永恒的宁静与无限之中

并自此不再去探讨

关于什么是圆满

而什么又是虚空